I0762393

¡guau!
¡guau!

¡guau!

Para Romy, mi niña valiente

AGRADECIMIENTOS

Gracias a todos los que me ayudaron a elaborar este libro, incluyendo a Liz Szabla, Rich Deas, Jean Feiwel, Rosemary Stimola, Miriam Busch, Stacy Curtis, Larry Day, Candace Fleming, Julie Halpern, Edward Hemingway, Tom Lichtenheld, Mike Petrik, Eric Rohmann, Chris Sheban, Ed Spicer, Erin Stead, Philip Stead y Mark Winter. Gracias especialmente a Kira Cassidy del Proyecto Lobo de Yellowstone (Yellowstone Wolf Project) por responder con calma y detalle a mis preguntas sobre los lobos y su comportamiento.

LOBO EN LA NIEVE

Título original: *Wolf in the Snow*

© 2017 Matthew Cordell (texto e ilustraciones)

Originalmente publicado en 2017 por Feiwel and Friends un sello de Macmillan
Las ilustraciones de este libro se hicieron en tinta y acuarela.

Traducción: Pilar Armida

D.R. © 2024, Editorial Océano, S.L.U.
C/Calabria, 168-174 - Escalera B - Entlo. 2ª
08015 Barcelona, España
www.oceano.com

D.R. © 2024, Editorial Océano de México, S.A. de C.V.
Guillermo Barroso 17-5, col. Industrial Las Armas
Tlalnepantla de Baz, 54080, Estado de México
www.oceano.mx • www.oceanotravesia.mx

Primera edición: 2024

ISBN: 978-607-584-009-3

Depósito legal: B 19526-2024

Quedan rigurosamente prohibidas, sin la autorización escrita del editor, bajo las sanciones establecidas en las leyes, la reproducción parcial o total de esta obra por cualquier medio o procedimiento, comprendidos la reprografía y el tratamiento informático, y la distribución de ejemplares de ella mediante alquiler o préstamo público. ¿Necesitas reproducir una parte de esta obra? Solicita el permiso en info@cempro.org.mx

HECHO EN MÉXICO/*MADE IN MEXICO*
IMPRESO EN ESPAÑA/*PRINTED IN SPAIN*

9005878011124

LOBO EN LA NIEVE

Matthew Cordell

Travesía

Escuela

uf
uf

au
au

au

au

au

¡plum!
au
au

auuuuu

¿...?
auuuuuuuuuuuuu

a u u u u u u u u u u u u

auuuuuuuuuuu
GRRRRR...

¡UH-UH! ¡UH-UH!

AUUUUUUU

AUUUUUUU
uf uf

GRRRRRR...

SNIF SNIF
lam lam
¡plum!

¡guau!
¡guau!

uf… uf…

¡guau!
¡guau!

¡guau!
lam-lam

AUUUUUUU
¡guau!
¡guau!

¡GUAU
¡GUAU!

¡AUUUUUUUUUUU!